AF198431

Die Kinder
der Shiunji-
Familie

Inhalt

Ver- stehst du denn nicht?

Du kannst sie nun anse- hen wie jedes andere Mäd- chen auch.

Also seitdem.

Was willst du plötzlich?

Wie?

...

Und da- rüber hinaus hat Kotono dir sogar schon mal gesagt, dass sie dich liebt.

Da du nun weißt, dass wir nicht blutsverwandt sind, sind wir doch rein genetisch gese- hen nur gut befreun- dete Jungen und Mädchen.

Ich habe doch schon meine Yu.

Natürlich seh ich in ihnen nichts anderes als Schwestern! Du doch auch, ja?!

Es ist immer irgendet-was.

War da irgendet-was?

Seit gestern.

Huch, seit wann sagst du denn »mei-ne Yu« zu ihr?

!

Ich hab übrigens Ouka von Kotono erzählt.

Jeder Tag ist wirklich sehr stimu-lierend.

Und »immer« meint kon-kret was?

Was?!

Die glaubt mir doch kein Wort.

Ihr?!

Ach wirklich?

A...

Hab mal etwas mehr Vertrauen in deine Ex-Zwillingsschwester.

Sie hat nicht geglaubt, dass du so etwas machen würdest, Shin.

Ich mag meine liebe Schwester Ouka auch sehr.

Dann ist sie wohl eine Tsundere*.

* Eine Person, die kalt tut, aber eigentlich innige Gefühle hegt.

Selbst wenn wir nicht blutsverwandt sind ...

Ich habe es schon vorgestern gesagt, oder?

Wir waren sechzehn Jahre Geschwister.

... ändert das nichts daran, dass wir Geschwister sind.

Aber wenn
die Jungs aus
der Klasse da-
von erfahren,
würden sie si-
cher komplett
durchdrehen.

Die
Blu-rays
würden sich
gut verkau-
fen.

»Der Start
einer Liebes-
komödie mit
fünf hübschen
Mädchen«.

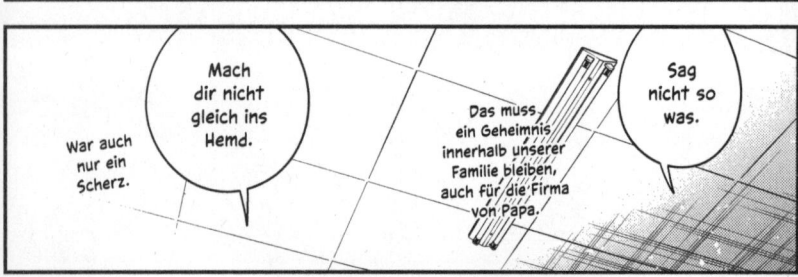

Mach
dir nicht
gleich ins
Hemd.

Sag
nicht so
was.

War auch
nur ein
Scherz.

Das muss
ein Geheimnis
innerhalb unserer
Familie bleiben,
auch für die Firma
von Papa.

Hach!

Eine
Liebesko-
mödie?

... dass es so etwas für mich geben könnte.

Ich wünschte mir ...

Ich mag dich.

Wir dachten, wir wären blutsverwandt …

… aber auch ohne die Verbindung bin ich froh, dass wir Zwillinge sind, weißt du?

Tja, ich wollte das nur einmal festhalten.

Ich frotzel dich ja sonst immer so an.

Kotono ist noch jung.

Niemand ist schuld an alledem.

Shion hat mir von der Sache mit Kotono erzählt.

Als Ältester hast du darauf doch angemessen reagiert.

Warum muss sie das so doof ausdrücken?

Das hat mir Schiss gemacht! Sie mag mich nur als Person, oder?

…!

Hä? Ich?

Du bist echt eine Tsundere.

Wir waren immer nur ganz normale Zwillinge ...

... sie jetzt als Frau zu sehen, würde alles auf den Kopf stellen!

Ich musste sofort an Shions Worte denken.

... essen sollen.

Ich hätte doch noch einen Churro ...

Wovon redest du?

Sag Seiha, dass ich am liebsten Blau mag, ja?

Ich gehe kurz auf Toilette.

Von den Souvenirs.

Aber sie sollte an ihrer Wortwahl arbeiten.

Damit keine Missverständnisse aufkommen.

Ob sie das Gefühl hat, an unserer Beziehung könnte sich etwas ändern, weil wir doch nicht blutsverwandt sind?

Das kam überraschend.

Aber ich hätte nicht gedacht, dass Ouka so was sagen würde.

Ver-stehst du denn nicht?

Du kannst sie nun anse-hen wie jedes andere Mäd-chen auch.

...

Warum habe ich so abartige Gedanken?!

Argh! Verdammt!

Wuschel

Wuschel

Ich mag dich.

12

Babumm
ドキ

Babumm
ドキ

Babumm
ドキ

...

im Bad umarmt zu haben.

Hat Kotono Arata das gesagt?!

Kotono scheint ihn ...

Sie hat gesagt, dass sie ihn liebt?!

Ich
Idiotin.

Warum
habe ich
so abartige
Gedanken?

Ach?

Etwa
hier?

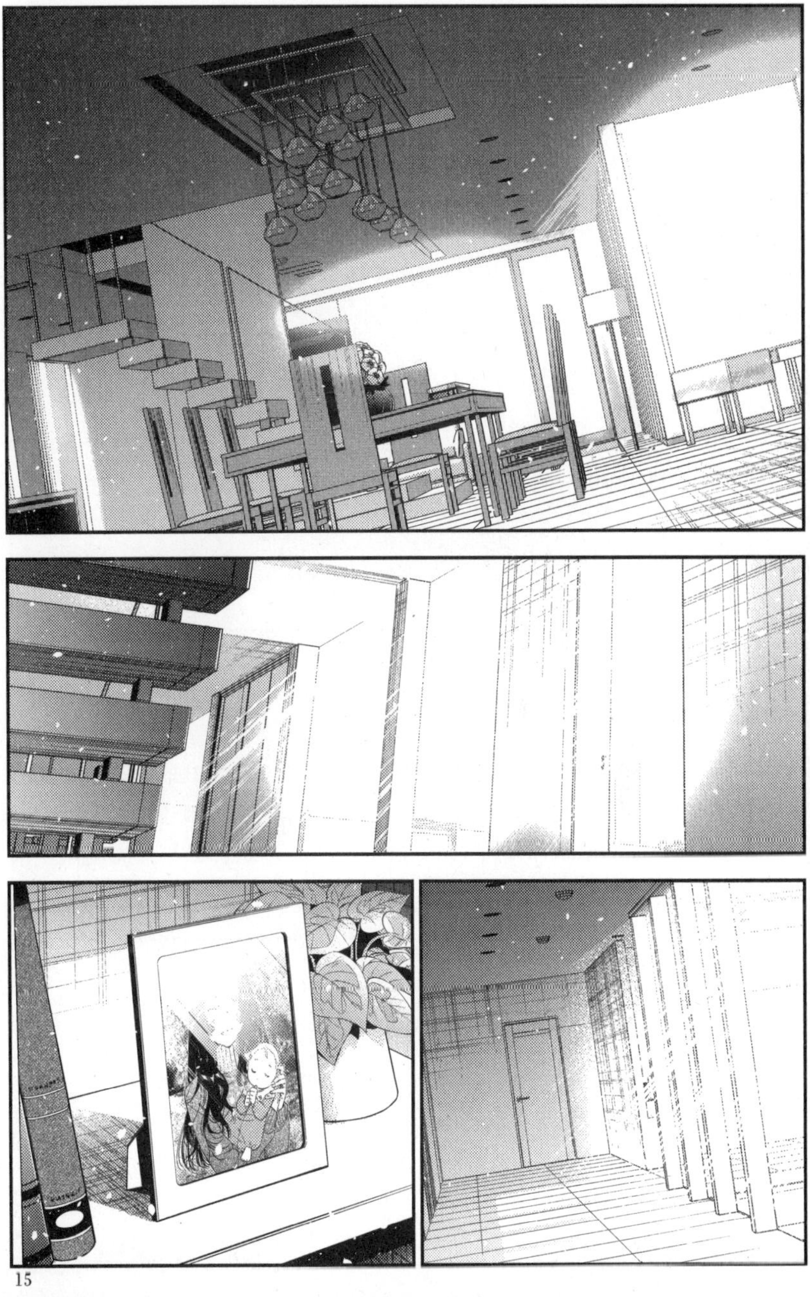

Hrmpf

Hrmpf

Training Room

Hobby: Krafttraining

Klack

Shin.

Oh!

16

Das gehört zu meiner Routine.

Oh, Minami. Du bist aber fleißig.

Sonst startest du doch erst um 9 Uhr.

Aber du bist früh dran, oder?

!

Ach, tut mir leid. Du hast gerade zu viel Adrenalin.

Ich habe mich noch nicht mal aufgewärmt.

Sonntagmorgens muss man seine Muskeln stählen, was?!

Ha ha ha ha ha

Ha ha

Ach, tut mir leid. Dafür ist es noch zu früh.

Ein gesunder Körper fängt mit gesundem Schlaf an!

Pass gut ...

... auf dich auf!

Ha ha ha ha

Ich bin früh aufgewacht ...

Nun ja.

... geht mir viel durch den Kopf.

Und in letzter Zeit ...

Ich hab schon immer trainiert. Ohne Training fehlt mir was.

Tja, der eigene Körper ist eine Investition.

Du willst doch kein Profi werden, oder?

Shin, du bist aber auch fleißig.

Burpee!

Wie ein ältester Sohn.

Papa hat dir das eingetrichtert, oder?

Shin, du sagst doch immer: »Nur wer sich im Griff hat, kann andere leiten.«

Aber du bist doch die Einzige, die jeden Tag trainiert, Minami.

Dabei haben wir Schlaf versäumt. Eigentlich war das nicht gut für die Selbstkontrolle.

Ihr habt immer bis spät in die Nacht trainiert.

Ah ha ha

... respektiere ich wirklich.

Und dass du damit erfolgreich bist ...

...

Stretch しょっ

Shion hat auch mal so etwas erzählt.

Keine Ahnung. Ich glaube, das sind einfach meine Gene.

Nein, dennoch finde ich das nicht zum Lachen.

Stretch しょっ

Nicht Blau?

Ouka möchte Lila, oder?

Ja, bitte.

Ich geh mal fix nachsehen.

Wo sind die beiden?

Huch?

Ouka und Shin?

WUPP WUPP

Oh

Da sind ...

Hey ...

... die beiden ...

Hm?

ドキ
Babumm
ドキ
Babumm
Babumm
ドキ
ドキ
Babumm
Babumm
ドキ
ドキ
Babumm
Babumm
ドキ
ドキ
Babumm

Die Kinder der Shiunji-Familie

Die Kinder der Shiunji-Familie

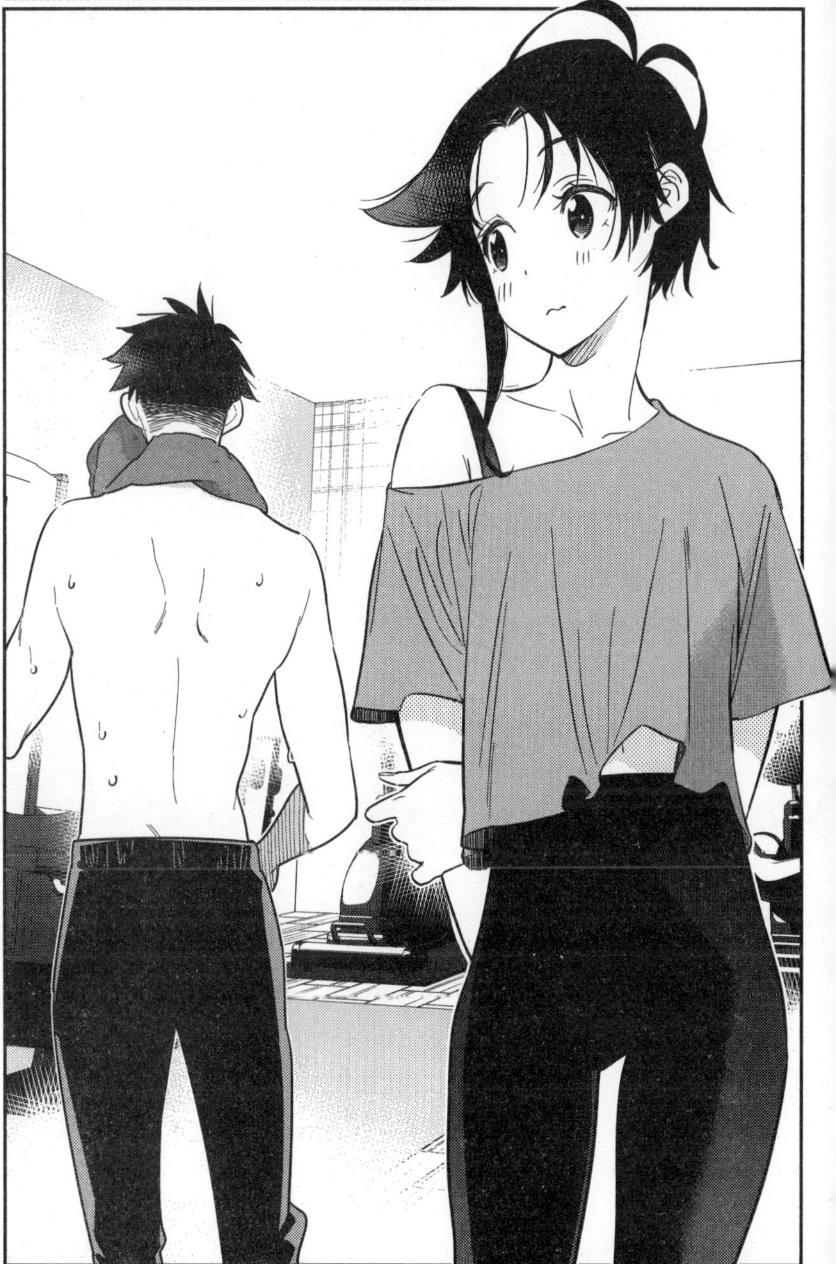

Ich
mag
dich.

...

...

»Hat Ouka dir etwa gesagt, dass sie dich mag?« Die Frage krieg ich nicht über die Lippen.

Urghs! Es geht nicht! Ich kann ihn nicht einfach fragen!

Und wenn es so war, was haben die zwei jetzt für eine Beziehung?!

Vielleicht habe ich mich ja nur verhört, aber es klang echt danach.

Was empfinden sie da füreinander?!

Fühlen sie sich noch als Bruder und Schwester?

Sie leben unter einem Dach ...

Babumm

Was ist denn, Minami? Trainierst du gar nicht?

27

Warum denn die komische Zurückhaltung?

Wie?

Ich bin so frei!

Äh, doch?!

Genau!

Deine Haltung ist aber nicht gut.

So ein Spaß!

Dumbell Flies am Morgen sind echt toll!

Sag mal, Shin ...

...

... mit Ouka?

War irgendet- was ...

Babumm

Was soll schon gewesen sein?

!

Was?

Na ja, eigentlich geht das immer von ihr aus.

... und ich weiß, dass euch das vielleicht Sorgen macht, aber wir verstehen uns gut.

Tja, mit Ouka streite ich mich zwar oft ...

Wenn nichts war, dann ist ja gut!

Ähm! Gar nichts!

Du machst mich neugierig.

Was hast du denn?

Wie? Bist du schon fertig mit dem Training?

Ach so! Das ist doch schön! Ich bin beruhigt!

Ich mach es doch lieber mittags!

Ich meinte das eigentlich anders ...

Nein ...

Was?

Du bist wie ein Softball!

Sti... Stimmt! Shin, du bist echt lieb!

Pass auf, dich nicht zu überanstrengen.

Bald ist dein Turnier, oder?

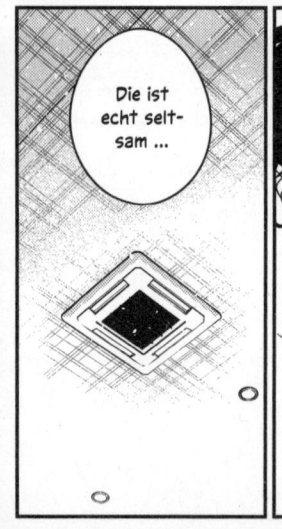

Die ist echt seltsam ...

Was war das?

N... Na gut!

Knall

Diese Hürde war viel zu hoch für mich!

Urgh! Ich hab einfach nicht direkt fragen können.

Aber sie hat »Ich mag dich« gesagt!

Es war also schon etwas ...

Aber anscheinend ist da wirklich nichts, oder?

Er wirkte auch komplett ruhig.

Uarghs! Was mache ich denn nun?!

Bald ist ihr Turnier. Ich hoffe, das macht ihr nicht allzu sehr zu schaffen.

Aber Minami hält uns doch auch nach Vaters Geschichte noch für Bruder und Schwester, oder?

Bath Room

Sie hat gefragt, ob etwas mit Ouka sei ...

Und sie hat sich komisch verhalten.

Was hatte Minami denn nur?

Wenn ich ihr helfen kann, will ich das tun ...

Sie ist meine geliebte Schwester.

Hm?

Klack

Was?!

Bamm

ばっ

Schließ gefälligst die Tür ab!

Sch...

...

Wie?

Ich lese kaum Manga und schaue wenig Anime ...

Besonders wenn es eine Reaktion auf eine sexuell lesbare Situation ist.

Ist dies so ein glücklicher Zufall, der immer in Liebeskomödien vorkommt?

Die übertriebene Reaktion des Hauptcharakters gibt der Szene jedes Mal ihren besonderen Charakter.

...

Es ist doch nicht das erste Mal.

Habe ich nicht gerade betont, dass du abschließen sollst?

Streif

»Du hast vergessen, abzuschließen, werte Schwester« hätte doch auch gereicht.

Knips

Es war natürlich nur ein Versehen, aber Dostojewski soll gesagt haben: »Der Mensch ist ein Gewohnheitstier.«

Aber nun ja ...

Was?!

Ziehst du dich etwa weiter aus?!

Man möchte meinen, nach 17 Jahren hast du meinen Körper zur Genüge gesehen.

Es tut mir leid, wenn er bei dir sexuelle Verwirrung auslöst.

Ich bitte um Entschuldigung.

S... So war das jetzt doch gar nicht ...

Nichts weiter als Substanz, oder?

Meine Schwestern ...

Ey.

パタッ

Knall

Offenbar kümmert es sie herzlich wenig, ob wir blutsverwandt sind oder nicht.

Rauuusch

Aber es ist komisch, dass sie zu dieser Uhrzeit duscht, oder?

Und hat das alles Seiha etwa gar nicht verändert?

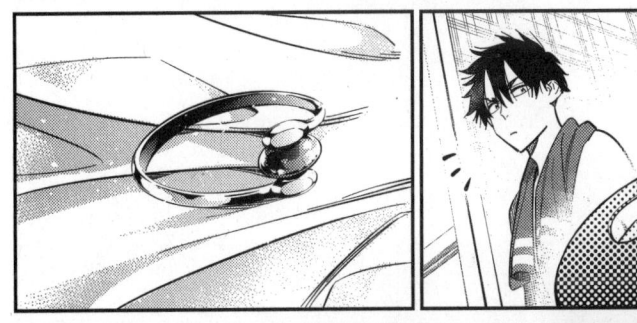

Rauuusch

Trägst du jetzt etwa so etwas?

Ein Ring.

...

Er sitzt noch etwas locker ...

... aber er ist ein kostbares Andenken an meine Mutter.

Im Bad nehme ich ihn aber ab.
Zur Sicherheit.

Und dennoch ist ihre Mutter wichtig für sie?

Sie ist zwar die Zweitälteste, aber viele Erinnerungen sollte sie nicht an sie haben.

Ach so ...

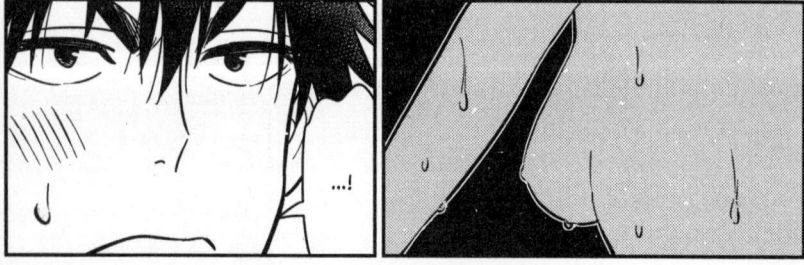

...!

Verdammt! Dann trainiere ich noch eine Runde!

Rauuusch

Ach, dies ist also das Zimmer vom ältesten Sohn ...

... des berühmten Kaname Shiunji.

Du bist hier nicht das erste Mal.

Und Vater hat uns doch allen Ordnung eingebläut, oder?

Es ist zwar das kleinste Zimmer von uns Geschwistern, aber hier ist gut aufgeräumt.

Darf ich nicht das Zimmer von meinem geliebten ...

... Bruder anschauen?

Und was willst du hier?

In meinem Zimmer.

Das hatte ich mir mit acht abtrainiert.

Jaja. Mein süßer kleiner Bruder.

Ich erinnere mich, dass er oft geschimpft hat, weil du früher alles vollgekrümelt hast.

Ich dachte, dass du richtig erwachsen geworden wärst.

Was soll denn das heißen?

Ich hatte Hoffnungen.

Ich hatte gedacht, dass es hier mehr nach Mann riechen würde.

Was?! Moment mal!

Hm

Hm

Tippel

Tippel

»Romantischer Autoausflug mit einem superheißen Date« ...

Du bist so süß. ♥♥

Voll reingefallen

Was?!

Ich habe nur das Pop-up von DMM* gelesen.

Als wüsste ich dein Passwort.

Bamm

Wie hast du mein Passwort erraten?!

* Japanischer Onlinevideodienst, der auch Inhalte für Erwachsene anbietet.

Wann war sie das letzte Mal in meinem Zimmer? Vor einem Jahr? Nein, eher vor zwei?

Sie verhält sich im Grunde normal, aber ...

Banri ...

Warum bist du hier plötzlich bei mir aufgekreuzt?

Sie macht mich ganz verrückt.

Tja, du bist schon siebzehn, Arata.

Ich würde mir viel eher Sorgen machen ...

... wenn du nichts auf dem Rechner hättest, das du vor mir verheimlichen möchtest.

Ist sie etwa nur aus einer Laune hier?

... sie war schon immer etwas neben der Spur.

41

Sag
mal.

Wollen
wir auf
ein Date
gehen?

Hä?!

Grins

Die Kinder der Shiunji-Familie

Die Kinder der Shiunji-Familie

Solt Bank

... das soll ein Date sein?

Und ...

Shinjuku-Bahnhof

Ich brauche dafür aber keine Begleitung.

Trifft sich eigentlich ganz gut.

Aber in der Tat wollte ich ein neues Handy.

Ich dachte, das hätte niemand gehört.

... dass du ein neues Handy brauchst.

Du hast doch gesagt ...

Also wirklich.

I... Ich bin dein Bruder!

Druck

Tja, eigentlich hätte ich ein Dinner in Odaiba und danach eine heiße Nacht im Hotel bevorzugt. ♥ Aber man nimmt, was man kriegen kann ...

Was?! Redest du schon wieder solchen Unsinn?

... wird es ja im nächsten Leben etwas.

Vielleicht ...

Was will sie denn?

Ey...

...!

Dann mal los!

Es gibt wohl gar keinen Ort, an den sie konkret hinwollte.

Was erhofft sie sich von diesem Date?

Was hat sie dann für einen Grund dafür?

Tja, sie ist ja sonst auch so drauf.

Zuvor hat sie auch so etwas gesagt.

Herzlich willkommen.

Treten Sie ein.

Vrrrmm

Nun ja. Es bringt nichts, mir den Kopf zu zerbrechen.

Solang sie ihren Spaß hat.

Dann nehme ich das hier.

Danke, ich schaue kurz im Lager nach.

Aber es geht für mich nicht ums Aussehen.

Na ja, Präferenzen hab ich schon.

Ich dachte, ein Junge in der Pubertät würde mehr übers Design nachdenken.

Du zögerst echt nicht lange.

Hmpf! Das klingt so abgeschmackt.

Wie?

Hast du noch nie davon gehört, dass das Handy einer Geliebten ähnelt?

Was man von einem Smartphone möchte, möchte man auch von seiner Liebe.

Entweder Aussehen ist wichtig oder die inneren Werte.

Von beiden möchte man nicht getrennt sein.

Durch diese Vorliebe kann man Leute charakterlich einordnen.

Ich bin jetzt also etwas beruhigt.

J... Jetzt hör aber auf.

Du nimmst echt kein Blatt vor den Mund.

Was?

Wie berechnend.

Es gibt niemanden, mit dem man sich niemals streiten würde.

Und kleine Unstimmigkeiten verzeiht man doch leichter, wenn man das Aussehen mag, oder?

Das ist zwar nur meine Meinung ...

... aber das Aussehen ist doch auch wichtig, oder?

Das
Ausse-
hen ...

... also?

♡

Wir haben gerade ein Angebot für einen Paar-vertrag ...

Vielen Dank, dass Sie gewartet haben.

Hä?

Ach, nein ... Wir sind doch kein Paar ...

Wollen wir nicht so einen Vertrag machen, Arata-Schatz? ♥

!!

Boing
むぎゅ

...!

Nei...

Nein, danke!

♪

Zuck
ビク

D... Das lassen wir mal schön bleiben!

So eine Verschwendung.

Wir hätten doch lügen können, damit du es billiger kriegst.

Ich hätte allein herkommen sollen.

Will sie mich etwa nur die ganze Zeit ärgern?

Mensch. Was will sie denn?

Hat sie Langeweile??

Cookies 'n Cream

Dainagon-Azuki

Jamoca Coffee

Bowamm

Wow! Schau dir diese drei Kugeln an!

Lass uns Eis essen.

Oh, Baskin Robbins.

... aber in solchen Momenten lässt sie sich mal gehen.

Eigentlich reißt sie sich immer zusammen ...

Das sieht echt gut aus.

Ich liebe Jamoca Coffee.

Zu Hause wäre das nur noch Suppe.

Auch wieder wahr.

Müssen wir für die anderen keins kaufen?

Wir haben uns um ein Eis gestritten.

Ha ha ha

Arata, du warst damals elf. Erinnerst du dich noch?

Ouka meinte: »Iss deiner Schwester nichts weg.« Und dann gab es Streit unter euch Schwestern.

Aber Kotono traute sich nicht, etwas zu sage.

Also, dass sie keins hatte.

Ja, damals hat Minami einfach Kotonos Portion aufgegessen.

Ohne es zu merken.

Und ihr habt sie immer aufgezogen, dass sie die Fee im Schrank wäre.

Tja, Kotono war schon damals so, dass sie sich sofort im Schrank eingeschlossen hat, wenn sie traurig war.

Babumm

Hey!

Hör auf!

Red nicht von Gespenstern!

Dabei warst du als Kind ein echter Angsthase, mit deiner absurden Angst vor Gespenstern, Banri.

Erscheinungen, die man mit menschlicher Ratio nicht erklären kann, sind nichts für mich!

Ich bin traumatisiert.

ブルブルブル Zitter Zitter Zitter Zitter

Ich komm da nicht drauf klar. Irgendwelche Wesen, die keinerlei Substanz haben!

...

Jetzt reagierst du aber über.

シュルシュル schlotter

schlotter

Wir sind im guten und schlechten Sinn richtige Geschwister.

Das stimmt wohl.

Ha ha

Tja, aber wir beide könnten uns wohl endlos streiten.

...

... sind mir wirklich kostbar ...

Und solche Erinnerungen ...

55

Aber sag mal, Arata ...

Wie geht es dir in letzter Zeit?

! Wie es mir geht?

...

... Probleme?

Hast du denn gar keine ...

Danke für deine Sorge.

Aber mein miesepetriges Gesicht ist leider angeboren.

Was ist denn?

Wie?

Aber was hast du denn ... so plötzlich?

Obwohl ich es nicht von Vater geerbt habe, habe ich mich schon daran gewöhnt.

Schön, dass mein Brüderchen so tapfer ist.

Es ist wichtig, miteinander zu reden.

Ich bin nun mal deine ältere Schwester.

Ich muss mich über die Sorgen meines kleinen Bruders informieren.

Ja ...

Wie?

Schwupp

Du sollst nur wissen, du kannst jederzeit mit mir reden.

Wenn nichts ist, dann ist ja gut.

Wie? Willst du noch irgend-wohin?

Gut! Dann lass uns mal weitergehen.

Wusch

...?

Ach ... wirklich?

Für heute müssen wir Schluss machen.

Tut mir leid. Ich habe bereits andere Termine.

Wie?

Gibt es niemanden, den du statt mir hättest einladen können?

...

... geht man doch mit seinem Freund, oder?

Du weißt schon ... Auf ein Date ...

Aber ... nun ja ...

Das mag sein.

Klock

Wuschel

Wuschel

Aber weil du so süß bist, vergebe ich dir noch mal.

Du kleiner Frechdachs.

Jetzt redest du dich nur raus.

Für ein Kind ist das wohl noch zu früh.

...?

Brabbel
さわ…

So eine Schönheit …

Klock

Wow. Schau dir die Braut an.

Brabbel
さわ

Klock

Bis später.

Klock

War die nicht echt süß?

…

Sie hat sich rausgeredet …

Aber für mich zählen dennoch die inneren Werte.

Ja,
hallo?

Minami?

Ich bin
gerade et-
was in Eile.
Ja.

Ich
schreibe
auf LINE.

Ja ...
Stimmt.

Ich habe
auch versucht,
ihn zu fragen,
aber anschei-
nend ist da
nichts ...

Danke
...

Verstan-
den ...

Hm,
ach
so.

Hm
...

PIEP

Sicherlich habe ich mir nur eingebildet, dass sie »Ich mag dich« gesagt hat.

Platsch

Ach! So war das also.

Banri hat auch gefragt und es war nichts.

... doch nur verhört?

Heute

Banri
Sicherlich hast du dich verhört, oder?

Habe ich mich ...

Nachricht eingeben

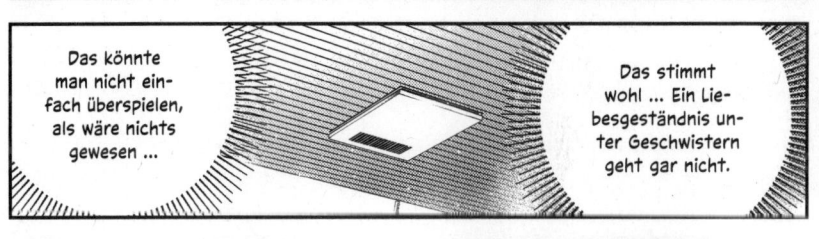

Das könnte man nicht einfach überspielen, als wäre nichts gewesen ...

Das stimmt wohl ... Ein Liebesgeständnis unter Geschwistern geht gar nicht.

Hach

Ich bin wohl auch etwas verwirrt ...

... einfach nur verhört.

Und abgeschickt.

Stimmt.

Sicherlich habe ich mich bei der Sache zwischen Ouka und Shin ...

< 1 Mädels (5)

Ouka

Ich habe eine Blu-ray von einer Freundin ausgeliehen. Wollen wir sie gemeinsam schauen? 😛

Banri

Okay! ♡ 13:12

14:33

Heute

Das stimmt! Ouka würde Shin doch niemals einfach ein Liebesgeständnis machen.
Ich habe mich ganz sicher verhört!
Vergiss es einfach! Danke! 😄 20:36

Nachricht eingeben

😊 🎤

1   2 abc   3

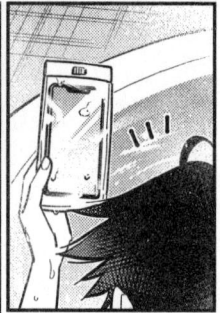

Wie?

Was?!

Tatapp

Tapp

Tatapp

Nachricht zurücknehmen

Zurück. Stopp. Nein!

Platsch

Oh nein! Falscher Chat!

Das ist der Schwestern-Gruppenchat!

Schluck

... gelesen?

Hat es jemand ...

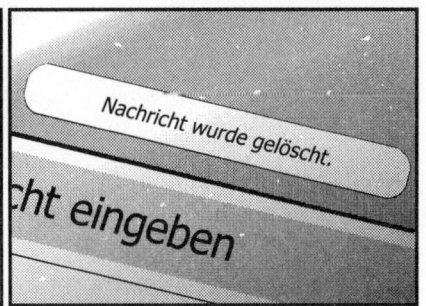

Nachricht wurde gelöscht.

...cht eingeben

Babumm

Minami!

A... Ach, sorry!

Ich komm schon raus!

Wie? Warum schwltzt du denn so?

Das ist wohl mein guter Stoffwechsel!

Wie?! Meinst du?!

Ich will auch mal ins Bad.

Brauchst du noch lange?

Schluck!!

Du bist komisch.

Ja?

Ich dachte, ich müsste sterben!

Um Haaresbreite

Haaaah

Knall

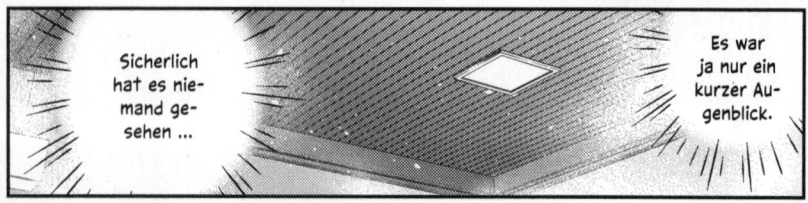

Sicherlich hat es niemand gesehen ...

Es war ja nur ein kurzer Augenblick.

Gruselig ...

Hach ...

Als Viertälteste hat man es nicht leicht ...

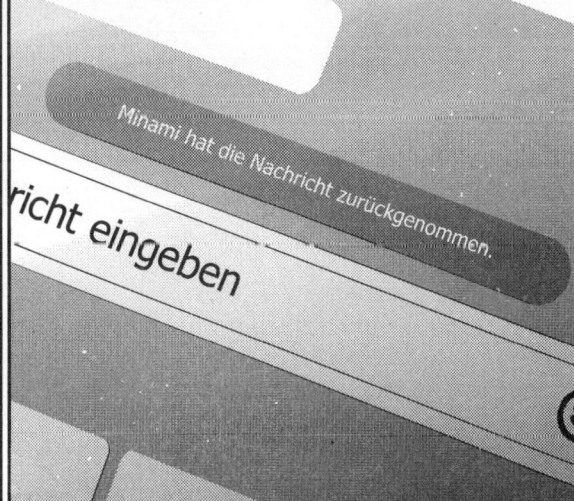

Die Kinder der Shiunji-Familie

Die Kinder
der Shiunji-
Familie

Hä?

Twis-ter?

Das Spiel?

Nein.

Sag nicht einfach nur Ja.

Ja.

71

Soll das ein Scherz sein?

?

Ich habe es aus Versehen bei Amazon bestellt und kann's nicht mehr zurückgeben.

Was hast du denn?

Ich habe bald Klausuren.

Es wäre riskant, sie zu schreiben, solang ich von ungeklärten Emotionen abgelenkt bin.

Ehrlich gesagt habe ich bei meinem letzten Besuch in deinem Zimmer eine gewisse Euphorie verspürt.

Bitte schrei nicht so.

!

Wie bitte?! Was willst du?!

Was?!

... aber Verdrängung ist keine psychologisch gesunde Lösung.

Dieses Empfinden könnte etwas sein, das die normalen Bande zwischen Geschwistern übersteigt.

Gern würde ich das einfach ignorieren ...

Was denn?

W... Wie kannst du so etwas sagen?!

Du bist echt seltsam.

Ich bin doch deine Schwester.

Du könntest mir also ruhig einmal bei meinen Problemen helfen.

Wer ist hier seltsam?

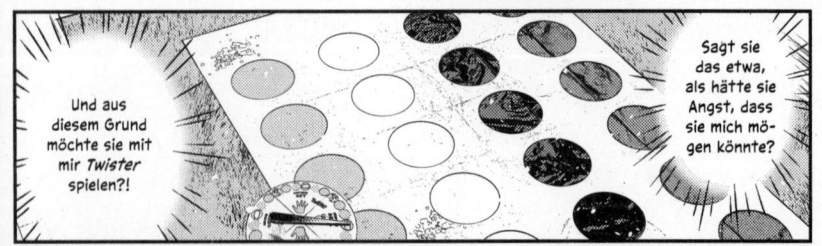

Und aus diesem Grund möchte sie mit mir *Twister* spielen?!

Sagt sie das etwa, als hätte sie Angst, dass sie mich mögen könnte?

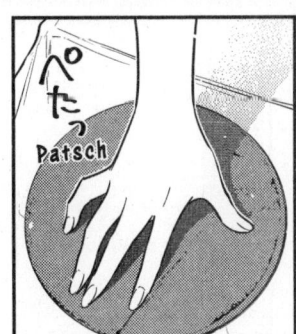

Patsch

Dann lass uns anfangen ...

Rechte Hand auf Rot.

Moment mal! Ich habe nicht gesagt, dass ich mitmache! Noch nicht.

Beim Zwischentest letzten Monat ...

... hast du dich um dreißig Punkte gesteigert. Warum?

Rechter Fuß auf Blau.

Dann mal los.

Dreh
Dreh
Dreh

... so gnädig beigebracht hat.

Weil meine liebe Schwester es mir ...

Moment mal.

Patsch

...regelkonform.

Aber das ist doch...

Ich hätte nicht gedacht, dass ich meinen Bruder...

...einmal keck nennen würde.

Hast du mich nicht verstanden?

Wenn wir nicht nah beieinander sind, ist das doch sinnlos.

...

Was?!

In Ordnung.

Sicherlich ist so eine Spitzfindigkeit...

Rechte Hand auf Blau.

...bisweilen wichtig, um im Wirtschaftsleben erfolgreich zu sein.

Mo...

Moment mal!

... regelkon-form.

Aber das ist doch ...

Komm doch nicht so nah!

Ey!

Bleib weg von mir!

Psychologisch aber nicht!

Psy...

...!

... interessiere ich mich.

Und genau für diese Emotionen ...

Ihr Blick ...

... ist entschlossen!

Ist sie noch bei Trost?!

Wie viel davon meint sie ernst?!

Rechte Hand in die Luft.

Linker Fuß auf Gelb.

Rechter Fuß auf Blau.

Starr

... entkommen.

Ich kann ...

Ich dachte, es würde wie im Anime sein.

Aber so nah sind wir uns ja gar nicht.

Nein ... Als ich ... eben *Twister* hörte, habe ich etwas Angst bekommen ...

Twister macht voll viel Spaß!

Du willst also weiterhin unkooperativ bleiben.

Schwupp

Dann werde ich mich eben annähern.

In Ordnung.

Sie sperrt mir den Fluchtweg ab!

Was?!

Aber
...

... was
soll diese
Pose?!

Dabei
habe ich
gerade so
eine schöne
Haltung!

!

Schluss
jetzt!

Ich gebe
auf. Ich ka-
pituliere!

Was ...

Oder hast du ...

... einen anderen Grund?

... wäre das ein Eingeständnis, dass ich erregt bin?!

Soll das ein Scherz sein?!

Wenn ich in so einem Moment aufhöre ...

Was soll das denn jetzt?!

Arata, als Nächstes rechten Fuß ...

... auf Gelb.

!

Hah

Jetzt mal langsam!

Auf Gelb?!

Aber ...

... dann ist doch ...

Hah

Das ist doch ...

... der einzige Ort ... oder?

Im Schatten ihrer Beine.

I... Ich muss es machen!

Das Spiel ist wie Sport, da wird mir heiß. Das ist alles!

Passiert das nur unterbewusst? Du bist rot im Gesicht.

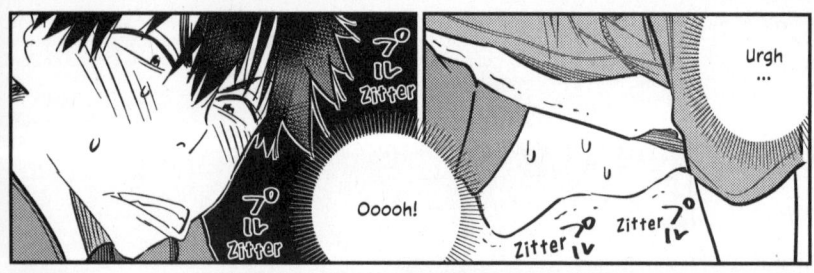

Zitter

Oooh!

Urgh ...

Zitter Zitter

Irgendwie bin ich angekommen ...

urgh!

Zitter

Glück soll im Gehirn durch drei Botenstoffe ausgelöst werden.

Zumindest ist das die neuste Erkenntnis der Kognitionsforschung.

Was?

Glück durch Leben in Form von Serotonin.

Glück durch Sex in Form von Oxytocin.

Glück durch Sieg in Form von Dopamin.

Man sagt, dass es durch den Sieg und die Eroberung ausgeschüttet wird.

... gibt es bis zum dritten Monat der Beziehung viel Dopamin im Körper.

Und was die Liebe angeht ...

Und wenn es gleichzeitig noch Sex mit dem Geliebten gibt ...

... dann soll stattdessen sehr viel Oxytocin ausgeschüttet werden.

Was ?!

Se...!

Allein der Gedanke beschämt mich.

Auch wenn man sicherlich keine klaren Grenzen ziehen kann, gibt es durchaus einen Wandel im Körper.

... und wann fängt es mit dem sexuellen Oxytocin an?

Wie lange bleibt es bei dem reinen Dopamin ...

Und wie kommt es zu dem Wandel?

Sicher ist es nicht ein Begriff wie Ehe ...

Ich dachte, dass es das Gefühl des Vertrauens ist, das man rein wissenschaftlich nur sehr schwer fassen kann.

... oder eine einfache körperliche Beziehung.

Jeden Menschen verlangt es nach Glück.

Aber es kommt mir vor, als würde ich nur sehr wenig auf diesem Gebiet wissen.

Wenn man fünfzig Jahre gute und schlechte Zeiten durchmacht, würde daraus Vertrauen entstehen?

Oder sind es nur irgendwelche schwer erklärbaren Gefühle tief im Herzen, die man beim ersten Treffen hat.

Vielleicht könnte man so etwas auch Schicksal nennen.

Und kann man so etwas auch ...

... für einen Bruder empfinden?

...!

Meinst du das ernst?! Wie weit willst du es denn noch treiben?!

Du dumme Ziege! Was redest du denn da, Seiha?!

Das kann doch gar nicht sein!

Schicksal, sagst du,

Fünfzig gemeinsame Jahre?!

Du bist doch meine Schwester!

Du bist nur meine Schwester!

Haah

Sechzehn
Jahre ...

Haah

... waren wir
Geschwis-
ter!

Nein,
trotzdem
sind wir
nur Men-
schen!

Schwank

Wie?!

Ent-
schuldi-
ge ...

どしーん
Botschimm

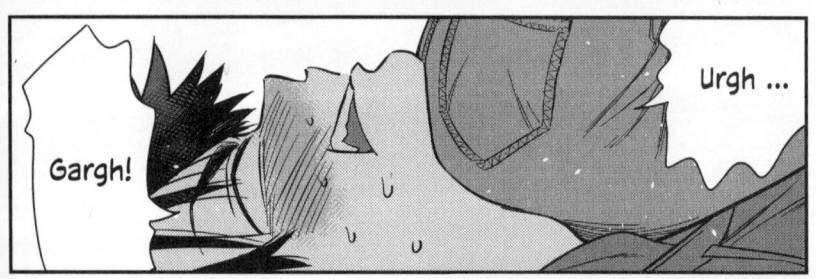

Urgh ...

Gargh!

Go...

ふ
Boing

Ich bin mit meinen Kräften am Ende.

Das war härter, als ich dachte.

Was ist das für eine Situation?!

Goaarghs!

Autsch! Stütz dich nicht auf meinem Gesicht ab!

Schwupp

Übrigens wird bei einer Niederlage Cortisol ausgeschüttet.

Der Hintern meiner Schwester!

Ich habe nur ihren Hintern berührt!

Ich kenne ihn doch schon viele Jahre.

Stürz nicht auf mich!

Dumpfbacke!

Lass dich doch zur Seite fallen!

Ich habe gesagt, ich war mit meinen Kräften am Ende.

Du warst zwar unkooperativ, aber ...

... rein körperlich scheinst du nicht provoziert worden zu sein.

Beim letzten Mal habe ich mir das wohl nur eingebildet.

Tja, aber dank dir ...

... konnte ich es beweisen.

Wie?

Das habe ich doch gesagt!

Da...

Jetzt kann ich mich dem Lernen widmen, ohne darüber nachzudenken.

Ohne Beweise Dinge zu behaupten, ist ganz anders, als es mit einem Test zu beweisen.

Aber es ist nicht gut, einfach Sachen anzunehmen.

スクッ Schwupp

Aber in so einem Moment sollte man dennoch eine Sache sagen:

Danke.

Stapf
スタ
Stapf
スタ

....!

Haben wir nur *Twister* gespielt, um eine Theorie zu überprüfen?

Sie tut so eingebildet ... Wollte sie mir etwa nur Ärger machen?

Verdammt. Was sollte das denn?

Wir könnten also ohne Probleme ...

... eine sexuelle Beziehung haben, oder?

In den sechzehn Jahren hatte ich schon so eine Ahnung ...

... aber ist sie etwa ein wenig naiv?

...!

... dem Geliebten ...

... Sex mit ...

Ach! Verdammt!

94

Die Kinder der Shiunji-Familie

Die Kinder der Shiunji-Familie

Schon wieder *Splats*?

Der Roller ist eher für erfahrene Spieler ...

Hast du die Waffe gewechselt?

Ist doch egal ...

Egal. Mach einfach mit.

Wenn du einmal anfängst, wirst du echt süchtig.

Das hast du doch schon letzte Woche gespielt.

Bist du Marie Antoinette?

Ich mag den.

Deine Fans werden traurig sein.

In der Schule.

Einfach cool.

Ich kriege nicht genug davon, wie der alles übermalen kann.

Ich mag dich.

...!

...

Und Mädchen mögen keine Realisten wie dich.

Du solltest nicht so dickköpfig sein.

Was?!

Kapitel 12 Ouka und Splats

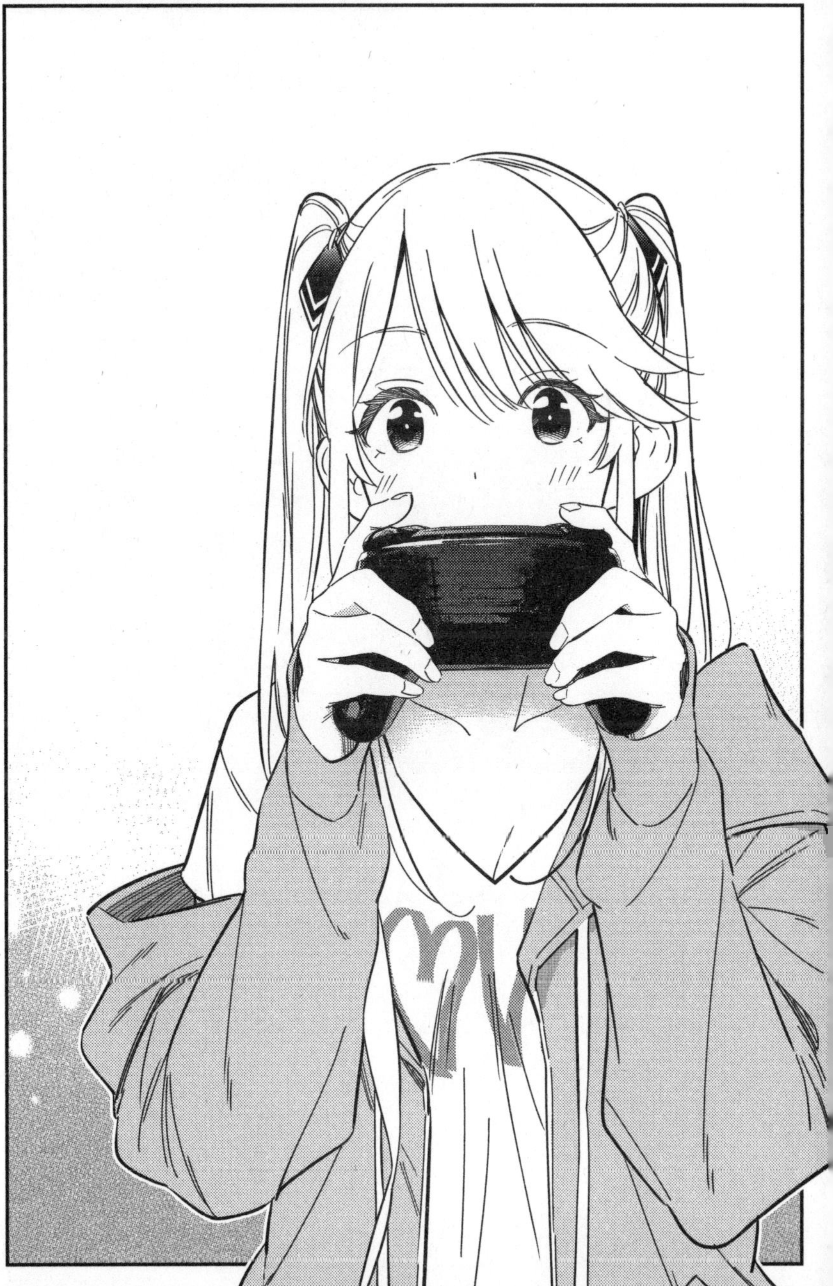

Ich habe wirklich viel gespielt.

Also sei nicht überrascht.

Und, bist du besser geworden?

Game Room

Allein diese Woche habe ich ...

... dreißig Stunden gespielt!

Yeah!

Ein Videospiel?

Nun ja. Wir haben früher oft zusammen gespielt.

Ach ...

Aber mitten in der Woche?

Es ist schon 21 Uhr.

... immer noch die Sache von neulich.

Doch mich interessiert ...

... jedes Mal mit irgendeinem Wrestlingmove gequält.

Aaah!

Wenn ich früher gewonnen habe, hat sie mich ...

Vergebung!

Vergebung!

Seit es Vater uns gebeichtet hat, ist sie echt komisch.

Oder kommt nur mir das so vor?

Die Doppler sehen auch ganz cool aus.

Aber seit wann mag sie solche Spiele?

So gut war sie doch nie darin.

Wie auch immer ...

Ich sollte besser nicht haushoch gewinnen.

Hey. Können wir mal anfangen?

Was machst du denn?

Das war schon früher so ...

Tja, sie war ja immer etwas launisch ...

Tschatsch

Argh!

Platsch

Mach dich auf was gefasst!

Hör auf, wie in einem Anime zu reden.

Jawoll!

Fünf Kills!

Argh! Schon wieder!

Tja, manchmal solltest du besser aufgeben!

Besonders bei diesem Kampf.

Lug

ちらっ

Es stimmt also, dass sie viel trainiert hat ...

Aber sie ist echt gut geworden ...

Sie scheint richtig viel Spaß zu haben ...

Vielleicht wollte sie doch nur daddeln?

In der Schule war sie ursprünglich auch nicht so gut.

Anscheinend ist sie echt sehr fleißig ...

Doch mittlerweile gilt sie als Musterschülerin.

Aus der Nähe betrachtet ... Sie ist schon hübsch und talentiert ...

Tatsächlich denken unsere Stufenkameraden das auch.

Ich mach euch alle platt!

Ha ha!

Aber ich kenne natürlich ihre dunkle Seite ...

Platt wie Papier!

Und ich nutze die Chance ...

... alles an- zumalen.

... und man könnte sie fast süß nennen.

Sie wirkt so unschul- dig ...

Tja, aber lang- sam ...

Hä?!

DEATH

Arata hat dich besiegt.

... reicht es mir.

Keine Rück- sicht mehr.

LOSE WIN

Depri...

Nächstes Mal verliere ich nicht!

Hrmpf

...

Bwlesch

DEATH

Wieso bist du plötzlich so gut?!

Schieß nicht auf mich!

Du bekommst, was du verdienst.

Das ist immer noch ein Spiel!

Watsch

Hä?!

Wusch

Ich geh kurz Pipi.

Hey, wir spielen noch ...

Es geht weiter.

106

Luft!
Ich krieg
keine
Luft!

Mo...
Mo...
Moment
mal.

Aua!

Queetsch

B... Bist
du doof?!
Wer nimmt
denn jemanden
während eines
Spiels in den
Schwitzkas-
ten?!

Im
Spiel?

Ach?
Wo denn
jetzt?

Moment ...
Luft ...

Im Spiel
und in
der Re-
alität!

Ich sterbe!
Ich sterbe!!

Ich
gebe
auf.

I...

Gibst
du auf?

Warum hörst du nicht auf?!

Ich habe doch aufgegeben!

Hä? Hör auf! Lass das!

Quietsch

Außerdem berührt sie mich ...

... mit vielen Körperteilen!

Aua!

Wie?!

Drüück

Übertreib mal nicht ...

Aber das tut echt ... weh!

Knirtsch

108

Bamm

Das tut weh!

Aah!

?!

Bomms

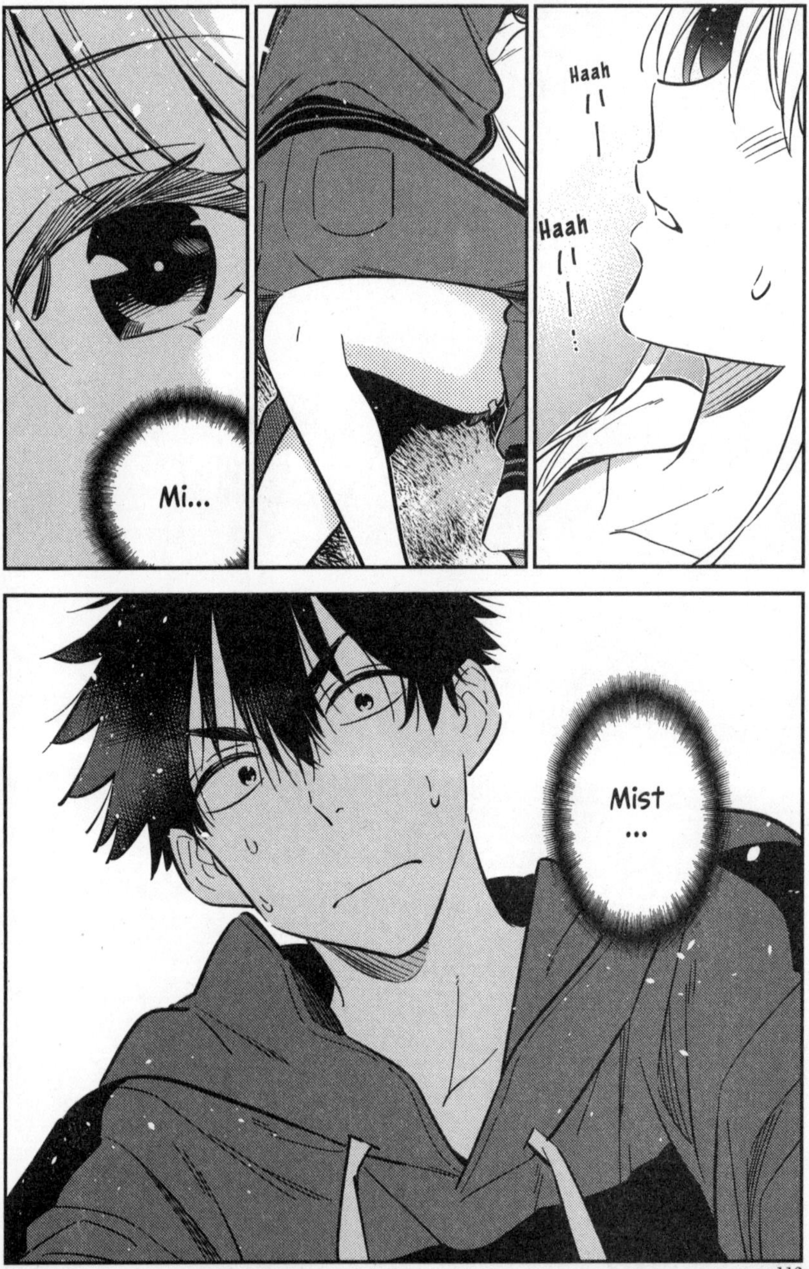
Haah
Haah...
Mi...
Mist
...

Ich bin etwas zu grob geworden! Das war echt unreif von mir, oder?!

Doch sie hat nicht auf meine Schmerzensschreie reagiert!

... drücke ich sie gerade etwa zu Boden?

Aber ...

...

Ach so ...

Normal ...

Alles normal!

Hast du nicht gehört, dass es wehtut?

W... Was denke ich denn da?! Da ist nichts Komisches dran, ja?!

Sie ist meine Schwester und das ist eine normale Kabbelei unter Geschwistern ...

113

114

Was soll das ...

... denn jetzt hei- ßen?!

...

Was ...

Hey ...

Mo- ment.

Knall

Schwupp

!

Mir reicht's jetzt.

Schluss.

Mit Spielen.

...!

Drück

ドキ Babumm　　　　Babumm ドキ

Babumm ドキ

... verhältst du dich wie ein Bruder.

Nur bei so komischen Sachen ...

すっ Sst

Wieso sagt sie so komische Dinge?

Ich bin ein Mann geworden?

Herrje!

Was war das denn gerade?

... das anders?

Oder meinte sie ...

Tja, als Kind war ich immer nur in der Defensive.

Bin ich nun kein Kind mehr, weil ich mich mal gewehrt habe?

...!

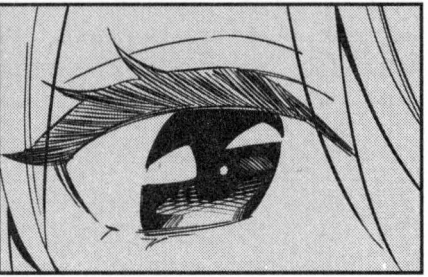

Neeeervig!

... meine Schwestern alle so?!

Wuschel

Warum sind ...

Argh! Verdammt!

Wuschel

Schwank

Ich geh schlafen.

Dann wiederum ...

... bringt das alles eh nichts.

Klack

Wank

Wank

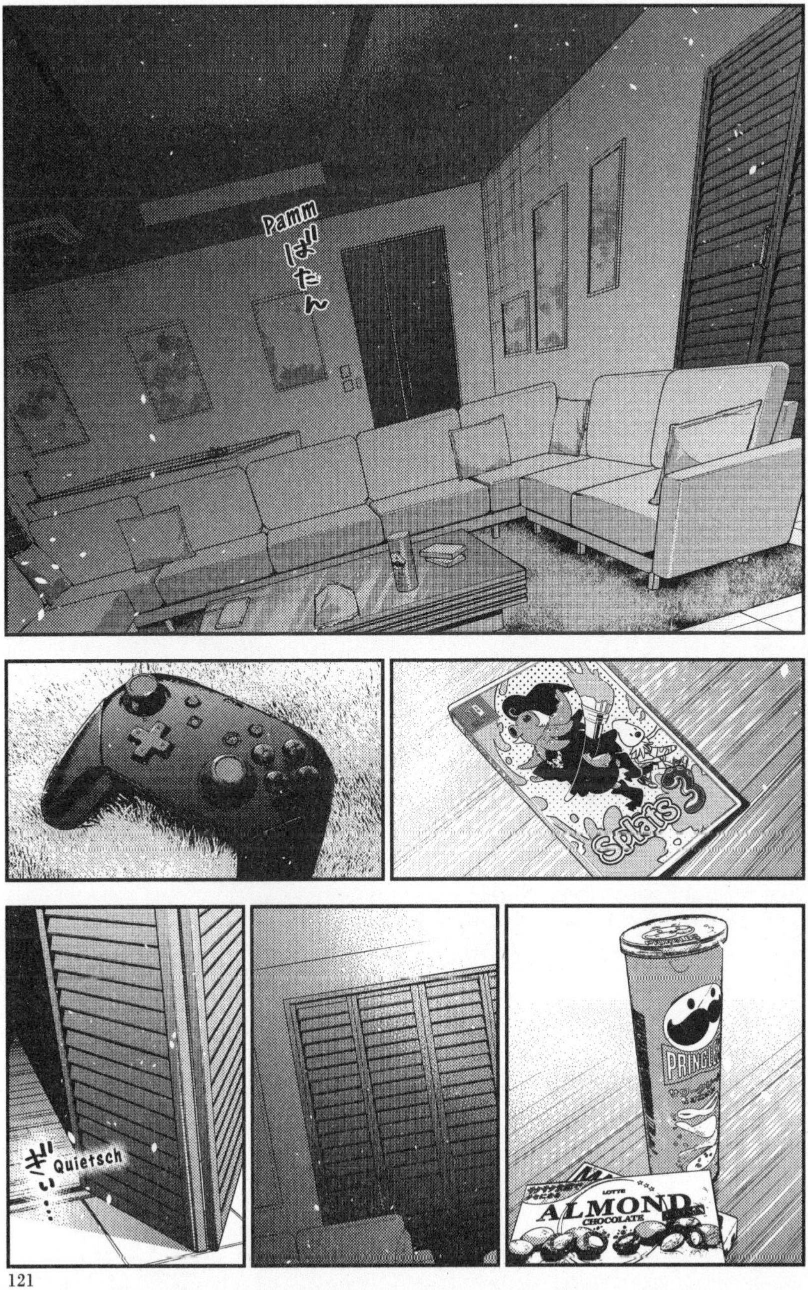

Pamm
ばたん

ぎ
い
Quietsch

Die Kinder der Shiunji-Familie

Die Kinder
der Shiunji-
Familie

Reading
Room

Klock
コ
ト

Das ist ein Mit-bringsel.

Aus Süd-amerika.

Du kaufst echt immer unnütze Dinge.

Tut mir leid. Ich hätte zu dir kommen sollen.

Schon gut. Ich weiß, dass du viel zu tun hast.

...
meine Geliebte!

Bitte werde ...

Todernst

Mal schauen, was nach der Liebeserklärung passieren wird ... nicht wahr?

Se

Die Bachelorette ist echt spannend.

Wow! Ist das etwa das Ende diese Woche?!

B

Was soll denn diese Liebeserklärung auf der Hängebrücke?

M

Ah ha ha

Denkst du das echt?

Pah!

Da wird mir ganz warm ums Herz.

Eine wilde Liebeserklärung in freier Natur!

Ich habe Herzklopfen.

Das ist doch wirklich romantisch.

Was wäre dein Ideal, Ouka?

Ach, meinst du?

Das ist doch wohl klar!

Eine Liebeserklärung auf dem Land ist so billig!

Ich hätt da kurzum »Nein!« gesagt.

So etwas langweilt mich längst.

Du liest zu viele Mädchenmanga.

Hä?!

Urgh

In einem teuren Restaurant mit Ausblick über die nächtliche Stadt sagt er: »Ich habe nur Augen für dich.« Und dann gibt er mir einen Ring ...

Ein hübscher Kerl mit drei Höhen: hohe Bildung, hohes Gehalt und hochgewachsen.

131

Wie sollte man denn um deine Hand anhalten, Seiha?

In welchem Alter heiraten wir und so. Dann könnten wir zusammenarbeiten, um den Plan Realität werden zu lassen.

Wie soll die Familie aussehen, wer verdient und wie wohnen wir?

Die Situation ist mir egal. Ich will seine Pläne wissen.

Mal überlegen.

Wie?

Eine Liebeserklärung muss doch von Herzen kommen.

Du stellst ihn vor gewaltige Hürden.

Der Typ hätte es sicher von allen am schwersten.

Ihr Freund wird es mal schwer haben.

So einen Kerl gibt es eh nicht.

Kotono...

Sie ist doch noch in der Mittelschule.

Genau.

Du bist dafür noch zu jung, oder?

Ich glaube nicht, dass es dafür Beweise gibt.

Das ist doch komisch.

Aber warum gerade auf einer Hängebrücke?

Aber es ist doch klar, dass er das irgendwie ausnutzen wollte, oder?

Durch die Hängebrücke kriegt sie schneller weiche Knie, oder?

Dann wäre die Frau zu leicht zu haben!

Drück

In solchen Momenten sollte man jemanden fest von hinten umarmen, um ihn rumzukriegen.

Hör auf damit!

Hey!

Tja, dennoch ...

Da muss ich natürlich zustimmen.

Und er hat das so lauthals getönt.

Auf jeden Fall kommt es auf die Art drauf an.

Aber »Ich mag dich« oder »Ich liebe dich« ist noch viel abgedroschener.

Ich finde, dass »Werde meine Geliebte« eh viel zu billig klingt.

... sondern **wer** es ist, oder?

... sind nicht der Ort oder die Worte wichtig ...

Irgendwie beeindruckend, wie Minami manchmal so punktgenau den Nagel auf den Kopf trifft.

Erinnert mich an den Sommer, als ich in der sechsten Klasse war.

Alles andere wäre völlig sinnlos.

Damit hast du in der Tat recht.

Also er oder Yu?

Apropos. Wer hat denn bei Shion die Liebeserklärung gemacht?

Ich habe gehört, dass es Shion war.

Einzelheiten ...

... weiß ich auch nicht.

Ah ja. Es ist schon spät.

Streck

Reck

Irgendwie ist es kühl.

Ich geh ins Bett.

Polter

Das überrascht mich auch.

Se

Aber Yu war wohl zuerst in ihn verliebt.

M

Ach, dann kann er ja doch männlich sein!

B

...

Er ist echt ein Frauenschwarm.

Er sollte da besser aufpassen.

Das sagst du, aber ihr versteht euch doch gut.

Shion war ja schon immer sehr beliebt.

Ich erinnere mich an den Valentinstag letztes Jahr.

135

...

Wie?

Nein!

Wir wissen doch, dass du ihn magst, Kotono ...

D... Das stimmt.

Ich mag unseren Bruder ...

... als Mann!

Wenn wir keine echten Geschwister sind ...

... dann können wir ein Paar sein ...

... und Geliebte werden, oder?!

Daher seid ihr alle ...

... meine Rivalin-nen!

Was soll das so plötzlich?

Ich frage als dein Vater.

Du bist der älteste Sohn der Shiunji-Familie.

D... Das ist doch egal, oder?

... der Liebe ewig zu widerstehen.

Aber niemand ist stark genug ...

Du musst es nicht überstürzen.

143

Das klingt viel zu simpel.

Wegen ihrem Aussehen.

!

Vater, warum hast du Mutter geheiratet?

Sie war so kräftig wie ein Blitzschlag und so strahlend warm wie die Sonne ...

Ich scherze doch.

Zu Beginn dachte ich wirklich, dass sie sehr schön ist ...

...

Allein das hat ausgereicht, dass ich mich in sie verliebt habe.

Ich war einfach nur schwach.

... kann auf einem Foto nicht eingefangen werden.

Die wahre Schönheit einer Person ...

... dass du nur dieses eine Foto von ihr hast?

Aber ist es denn nicht seltsam, wenn sie so wunderschön war ...

Einige meiner Geschwister glauben, dass es der Eingang in eine andere Welt ist.

Ja. Du wolltest ihn uns zeigen, wenn wir erwachsen sind.

Erinnerst du dich ...

... an das Versprechen von Room 8?

?

Ach wirklich?

Ich bin sicher, dass du einen guten Grund hattest, uns genau in diesem Moment die Wahrheit zu verraten.

Ich weiß, dass du ein überaus schlauer Mensch bist.

Ich respektiere dich sehr, Vater.

Ich werde alles tun, um meine Geschwister zu beschützen.

... bin ich stolz darauf, der älteste Sohn so eines Mannes zu sein.

Auch wenn ich mich mit der Realität nicht anfreunden kann ...

145

Ich werde es zu Hause schon irgendwie regeln.

Viel Erfolg bei der Arbeit.

Schwupp

...

Pamm

Zum Glück haben wir Arata ausgewählt.

Genau wie damals strahlt er eine große Anziehungskraft aus.

Oder, Chihiro?

Meine Augen haben mich damals nicht getäuscht.

Bwumm

Wusch

チュン
Zwitscher

チュン
Zwitscher

Meine
...

...
geliebten
...

...Ge-schwis-ter.

...
und was
macht
ihr?

Wo seid
ihr wohl
gerade
...

Worüber
lacht ihr?

Was
esst
ihr?

Wes-
sen
Hand
...

Ja!

Ein
Grab-
besuch!

Du bist
aber süß
angezo-
gen.

Gehst
du weg?

...
haltet
ihr wohl
gerade?

Ach so.
Ist es schon
wieder diese
Jahreszeit?

Fertig.

... bin ich so froh, dass mir die Tränen kommen.

Wenn mir solche Gedanken nur durch den Kopf gehen ...

Es sieht genauso aus.

An die vergossenen Tränen ...

Ich denke an Nächte voller Zank ...

... und das Vertragen am Morgen.

... und das Lachen von euch allen.

Ein Haus!

Eine tolle Leistung von mir!

Diese Erinnerungen sind für mich kostbare Schätze geworden.

Patsch

Hey.

Pass auf, dass du dich nicht dreckig machst.

Chihiro!

Wir gehen!

...

Mama! Komm!

Ja!

Ich
liebe
euch.

Fortsetzung in Band 3

Die Kinder
der Shiunji-
Familie

... nach Kotonos plötzlickem Geständnis?

Was machen die fünf Schwestern ...

Und das Schulturnier ...

Paaamm

Ich möchte die letzte Goldmedaille für Nao gewinnen!

... der Viertältesten Minami rückt näher.

Aua

Stech!!

Gab es einen Unfall?

Um seinen Geschwistern zu helfen ...
... wird der älteste Sohn aktiv!
Ich werde ab jetzt ...
... dein Trainer sein.
Was?
Die Kinder der Shiunji-Familie
3
Reiji Miyajima
Artwork assistant: Reiji Yukino

altraverse

Deutsche Ausgabe / German Edition
Altraverse GmbH – Hamburg 2025
Aus dem Japanischen von Lasse Christian Christiansen

SHIUNJIKE NO KODOMOTACHI
by Reiji Miyajima, Reiji Yukino
© Reiji Miyajima 2023
All rights reserved.
First published in Japan in 2023 by HAKUSENSHA, Inc., Tokyo.
German language translation rights arranged with HAKUSENSHA, Inc., Tokyo.
through Tuttle-Mori Agency, Inc

Redaktion: Jörg Bauer
Herstellung: Marilis Pästel
Lettering: Vibrant Publishing Studio

Druck: Nørhaven A/S, Viborg
Printed in Denmark

Alle deutschen Rechte vorbehalten.
ISBN 978-3-7539-3164-7
1. Auflage 2025

www.altraverse.de